De esta copa no se bebe

Lada Josefa Kratky

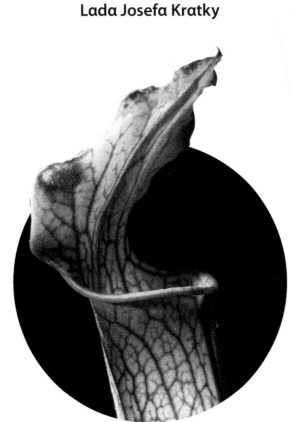

NATIONAL GEOGRAPHIC LEARNING | CENGAGE Learning

Hay una planta que vive en la selva. Vive solo donde cae mucha lluvia.

Esta planta es distinta de las demás. ¡Esta planta come insectos! La gente la llama **copa de mono**.

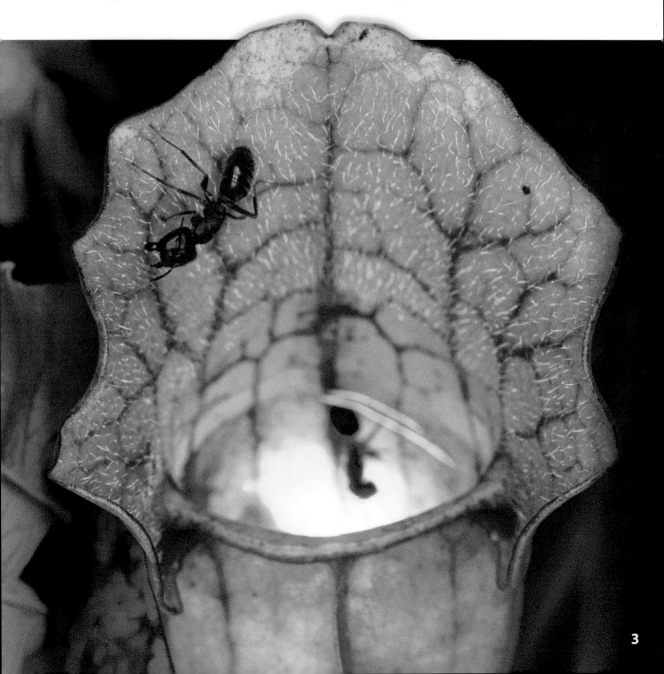

La gente la llama así porque es como una copa.

Además, hay gente que dice que ha visto a algunos monos beber de ella. No se sabe si es verdad.

En la copa hay **néctar**. El néctar es un líquido dulce que les gusta a los insectos. Además, hay un líquido que ahoga a los insectos que caen en él.

líquido

Este insecto no teme nada.
Solo quiere el néctar de la
"copa". El insecto se acerca
a la planta y . . .

. . . ¡ZAS! La planta cena insecto
esta noche.